Dorothea Conrad

LEBENSABSCHNITTE IN RAUCH UND ROT

Titel:LEBENSABSCHNITTE IN RAUCH UND ROT
Autorin:Dorothea Conrad
Satz:Jochen Baumgärtner
Gesamtherstellung:verlag regionalkultur (vr)

ISBN 978-3-95505-294-2

Bibliografische Information der Deutschen Bibliothek
Die Deutsche Bibliothek verzeichnet diese Publikation in der Deutschen Nationalbibliografie; detaillierte bibliografische Daten sind im Internet über http://dnb.dnb.de abrufbar.

Diese Publikation ist auf alterungsbeständigem und säurefreiem Papier (TCF nach ISO 9706) gedruckt entsprechend den Frankfurter Forderungen.

verlag regionalkultur
Ubstadt-Weiher • Heidelberg • Stuttgart • Speyer • Basel

Verlag Regionalkultur GmbH & Co. KG
Bahnhofstraße 2 • D-76698 Ubstadt-Weiher
Tel. 07251 36703-0 • *Fax* 07251 36703-29
E-Mail kontakt@verlag-regionalkultur.de
Internet www.verlag-regionalkultur.de

Dorothea Conrad

LEBENSABSCHNITTE IN RAUCH UND ROT

verlag regionalkultur

für meine Kinder

Als meine hochbetagte Mutter in ein Seniorenstift übersiedelte, genoss sie die neue Freiheit ohne Alterssorgen und lästige Verpflichtungen. Es ging ihr gut, bis auf die trüb gewordenen Augen, die wohl in einem langen Leben zu viel gesehen hatten und nun streikten.

Auf meinen wöchentlichen Besuch, von ihr scherzhaft Märchenstunde genannt, wartete sie schon sehnlichst, und ich musste ihr berichten, was „draußen in der Welt" passierte. Zudem gab ich ihrem Wunsch nach, sie genauestens über meine zurückliegenden Jahre zu unterrichten, was mich anfangs irritierte. Ich dachte immer, sie weiß alles.

Nein, so ist das nicht, sagte sie. Seit du von zu Hause ausgezogen bist, hörte ich nur noch wenig von dir. Jetzt habe ich Zeit, mitunter mehr als mir lieb ist, und kann über die Vergangenheit nachdenken.

Also begann ich ihr etappenweise von zurückliegenden Zeiten zu erzählen.

Ohne die Fragen meiner Mutter wären die Aufzeichnungen zu diesem Buch nie zustande gekommen. So gelang es mir, manche Begebenheit ans Tageslicht zu holen, die sonst weiterhin in meinem Unterbewusstsein geschlummert hätte.

Nach zweiwöchigem Urlaub an der Costa del Sol waren Robert und ich wohlbehalten, wenn auch vom Nachtflug übermüdet, in unserem Zuhause angekommen. Robert trug das umfangreiche Gepäck, Koffer, Taschen und Plastiktüten ins Wohnzimmer und ließ sich dann in seinen Stammsessel fallen, zündete eine Zigarette an und sog genüsslich den Rauch ein.

Am liebsten hätte ich noch länger im Süden gefaulenzt, brummelte er. Die 14 Tage vergingen wie im Fluge, noch ein paar drangehängt wären nicht schlecht gewesen. Aber zu Hause ist es auch schön, findest du das nicht auch, Lena?

Ja, mir geht es ähnlich. Fürs nächste Jahr sollten wir tatsächlich eine Verlängerung ins Auge fassen. Warum auch nicht? Die Kinder sind flügge, Haustiere besitzen wir keine mehr und anfallende Termine können leicht verschoben werden. – Ich schüttete die Inhalte des Gepäcks auf den Teppich und sichtete das Durcheinander – Waschküche oder nicht?

Robert, der in aller Seelenruhe rauchte und mich beobachtete, sagte mit Blick auf den Wust an Gebrauchsgegenständen: Lass die Plackerei bleiben, Lena, Liebling, morgen ist auch noch ein Tag.

Es ist immer das Gleiche, bemerkte ich leicht gereizt. Du weißt doch, wie ich geartet bin und Unordnung hasse. Aufgeschoben ist nicht aufgehoben. An unerledigte Dinge zu denken ist mir lästig. Nebenbei bemerkt, wir haben wieder zu viel mitgenommen. – Mit dem Stapel gebrauchter Kleidungsstücke stieg ich in den Keller, steckte schon mal einen Teil davon in die Waschmaschine, flitzte wieder nach oben, sammelte die restlichen Utensilien ein und brachte sie an ihre angestammten Plätze. Als Letztes leerte ich unseren überdimensionalen Briefkasten, der in unserer Abwesenheit fast bis obenhin vollgestopft worden war, und legte den Stoß an Post und sonstigen Informationen zum Sichten auf Roberts Knie.

Nach ein paar Minuten rief er: Ein Drittel sind Rechnungen und Privatbriefe. Der Rest besteht wie gehabt aus Katalogen und Werbezetteln. Den Papierkram hätten sich die Anbieter sparen können, reine Geldverschwendung! Kannste direkt in die Recyclingtonne werfen, Lena.

Das Telefon schellte. Geh du dran, sagte Robert, ich sitze gerade so bequem und genieße die heimische Stille. War die Reise auch noch so schön, schätzt man die eigenen vier Wände. Da kann mir einer sagen, was er will – zu Hause ist zu Hause.

Ich ging nach nebenan in die Diele, hob den Hörer ab und fragte wie gewohnt: Hallo, wer ist dort?

Hier ist Monika, flötete die Ehefrau von Roberts bestem Freund Alex am anderen Ende der Leitung. Es wurde auch langsam Zeit, dass ihr zurückkamt. Die 14 Tage ohne euch zogen sich in die Länge. Natürlich kommt einem das nur so vor, wenn man auf etwas wartet. Hat's euch in Spanien wieder gefallen? Und wie war die Erholung? Wahrscheinlich gut!

Nett, dass du anrufst, unterbrach ich Monikas Redefluss, was immer etwas schwierig war, denn sie schwätzte gerne und ausgiebig. Du hast Glück, dass du uns antriffst, erst vor vier Stunden sind wir gelandet. Nun bin ich dabei, das Reisechaos zu beseitigen, die Waschmaschine läuft schon. Dir ist ja bekannt, dass ich nicht eher ruhe, bis alle Spuren beseitigt sind. Um deine Fragen zu beantworten: Unsere Reise in die sonnenverwöhnten Breiten haben wir auch dieses Mal keine Minute bereut, bleiben aber trotzdem Nordlandfans.

Zwei unserer Kinder gingen noch zur Schule, die Jüngste war erst vier, als der Urlaub an der Ostseeküste sozusagen ins Wasser fiel, ihr wisst das. Übers Jahr hatten wir uns auf das Badevergnügen gefreut. Wir hatten Pech, denn es regnete, nein, es schüttete wie aus Eimern. Ununterbrochen. So ganz stimmte das jedoch nicht, denn jeden Abend kam die Sonne rot und Schönwetter verheißend zum Vorschein. Begeistert schauten wir hin und wenn dann noch ein böiger Wind die grauen Wolken fortblies, stand für uns fest, der nächste Tag würde trockenes Strandwetter bringen. Leider bewahrheitete sich unsere Prognose kein einziges Mal. Da war Schluss mit lustig. Du hast damals verstanden, Monika, dass wir jeden Morgen mit langen Gesichtern und schimpfend aus dem Fenster schauten. Wie am Vortag goss es in Strömen, sodass uns das allabendliche Erscheinen der Sonne am von Wolken leergefegten Himmel wie eine hinterhältige Kulisse vorkam.

Robert spottete jedes Mal: Ja, ja, Abendrot schön Wetter Bot'. Wenn er dann noch eine beleidigte Miene aufsetzte, lachten die Kinder, senkten ebenfalls in schauspielhafter Manier gekränkt den Kopf und murrten lauthals über das Sauwetter. – Meistens sagte ich: Nicht nur uns macht der ständige Regen einen Strich durch die Rechnung, alle Urlauber sind davon betroffen. Was hilft das Gejammer, da müssen wir durch. Aber wir könnten ja, um an die frische Luft zu kommen, mit dem Schirm durch die Gegend laufen, schlug ich vor, was nicht ernst gemeint war.

Na, das fehlte noch, rief dann empört die Familie. Also echt, es gibt Schöneres, als bei Nässe durch die Geografie zu stiefeln.

Wegen der Kühle fröstelten wir im Sommerhaus, sodass Robert als erstes die Heizung anwarf. Schnell wurde es warm und wir frühstückten ausgiebig. Danach half ein jeder beim Saubermachen, machte sein Bett und wartete auf den Ruf unserer Jüngsten: Alle Mann hinsetzen. Gleich geht's los! Die kleine Person hatte die Aufgabe, die Rommékarten aus dem Schrank zu holen, wobei sie sich sehr wichtig vorkam. Also setzten wir uns nach beendeter Hausarbeit um den Tisch und spielten unser Leib- und Magenspiel Stunde um Stunde. Ganze Schlachten wurden ausgefochten, was zur Folge hatte, dass wir, wieder daheim, auf lange Sicht keine Rommékarten mehr sehen konnten. – Nach dem Reinfall vom letzten Jahr wurde uns die Entscheidung entweder Norden oder Süden abgenommen. Obgleich weiterhin Ostseefans, wollten wir dieses Mal kein Risiko eingehen und entschieden uns wie schon des Öfteren für Spanien.

Dort sind keine Wetterkapriolen zu erwarten, da ist es warm und trocken – dann die mediterrane Küche, Monika – einfach paradiesisch! Wir haben wieder jede Menge Fotos geschossen, obgleich wir vorhatten, damit Schluss zu machen, die Alben sind vollgeklebt. Bei Gelegenheit zeigen wir euch die Bilder.

Hör mal, fiel sie mir nun ihrerseits ins Wort, nicht bei Gelegenheit. Der eigentliche Grund meines Anrufs ist, euch zu fragen, ob ihr Zeit und Lust habt, uns am kommenden Sonnabend oder Sonntag zu besuchen.

Oh, das ist eine schöne Überraschung, erwiderte ich, danke für die Einladung. Wir kommen gern – Robert brauche ich erst gar nicht zu fragen, der freut sich sowieso. Am besten passt der Samstag. Ich befürchte nämlich, dass es wieder spät wird, so können wir am Sonntag ausschlafen. Also bis bald, Monika, grüß bitte Alex, und ich legte den Hörer auf.

Wer war dran, fragte Robert, als ich zurück ins Wohnzimmer kam. Du hast lange gesprochen.

Monika war dran, sagte ich. Du weißt ja, dass unser Gespräch jedes Mal länger als fünf Minuten dauert. Sie hat uns zu diesem Wochenende eingeladen. Ob wir Zeit und Lust hätten zu kommen?

Na klar gehen wir hin, rief Robert erfreut. Wir haben immer Spaß miteinander. Außerdem gibt es viel von unserer Urlaubsreise zu erzählen. War bei eurem Gespräch etwas von der verfahrenen Situation zwischen ihr und Alex zu merken? Oder hat sich ihr schlechtes Miteinander verbessert?

Ich habe weder etwas bemerkt, noch fragte ich nach. Robert, du weißt ja, Monika ist ein Meister im Verschweigen. Gut möglich, dass sich die beiden wieder angenähert haben.

Das wäre zu wünschen, meinte Robert und zog eine Zigarette aus der Packung. Das Feuerzeug blitzte auf und zufrieden inhalierte er den Rauch, der sich im Zimmer auszubreiten begann.

Obgleich ich mir vorgenommen hatte, Robert nicht mehr zu kritisieren, platzten doch die Worte heraus: Du solltest weniger rauchen, du schadest deiner Gesundheit. Wie oft hatte ich diesen Satz schon gesprochen und seufzte. Den hätte ich ebenso gut gegen die Wand sprechen können, der Effekt wäre der gleiche. Auch dachte ich an einen Automaten, der auf Knopfdruck eben diesen Spruch ausstößt: Du solltest weniger rauchen, du schadest deiner Gesundheit. – Resigniert betrachtete ich die nikotinverfärbten Finger meines Ehemanns, ebenso die vor der Urlaubsreise wunderbar weiß gewaschenen Vorhänge, denen nichts anderes übrig blieb als abermals zu vergilben.

Bei meinem vorwurfsvollen Blick drückte Robert die zur Hälfte gerauchte Zigarette auf dem Rand des Aschenbechers aus, der in Reichweite auf dem gläsernen Beistelltischchen stand. Dann streckte er mir die Hände entgegen und sagte lächelnd: Lena, Liebling, komm, setz dich neben mich, du solltest dir das Leben nicht so schwer machen. Was hast du gegen die nun wirklich kleine Schwäche? Es gibt Schlimmeres! Wer behauptet, Rauchen ist schädlich – reine Panikmache – trotzdem werde ich mir deine Bedenken durch den Kopf gehen lassen, das verspreche ich dir.

Immer dann, wenn Robert Liebling zu mir sagte, ich kannte das schon, meldete sich sein Gewissen, das mit der Beteuerung einherging, er würde über meinen Einwand und sein Verhalten nachdenken.

Aber unbekümmert wie Robert nun einmal war, vergaß er die beschwichtigenden Worte. Nichts änderte sich. In immer kürzeren Abständen griff er zur Zigarettenschachtel. – Bevor ich heiratete, hatte ich wenig Ahnung von Abhängigkeitsproblemen. Dass bei eingefahrenen Gewohnheiten wie bei Robert die Gefahr besteht, süchtig zu werden, lernte ich erst im Laufe der Ehejahre. Anfangs hatte ich mich von der Vorstellung leiten lassen, er würde schon rechtzeitig seine Gier bezähmen und unter Umständen ganz mit der Qualmerei aufhören. Jedoch gab es in seinem Verhalten keine Besserung, Gott sei's geklagt. Schrittweise vollzog sich das Überwechseln vom starken Raucher zum Kettenraucher. Ich zermarterte mir das Hirn. Es gab zwei Möglichkeiten, was man dagegen tun konnte. Zum einen wollte ich ihm klar machen, dass sein Handeln für ihn selbstmörderisch und für uns Nichtraucher auf Dauer unzumutbar ist, zum anderen, um des häuslichen Friedens willen, seine Raucherei einfach erdulden.

Ich entschied mich für die letztere der Optionen. Schließlich hatte ich gewusst, dass ich einen Raucher heirate; sonst gab es ja nichts weiter an ihm auszusetzen. Die Hoffnung auf ein Wunder wollte ich trotzdem nicht aufgeben. – Was hatte mich seinerzeit an Robert fasziniert, dass ich mein Singleleben Knall auf Fall aufgab?

Ich lernte ihn auf einer Party meiner ehemaligen Arbeitskollegin Barbara kennen, die genau wie ich als Grafikerin bei der renommierten Porzellanmanufaktur unserer Stadt ihr Brot verdiente. Das alteingesessene Unternehmen stellte edles und geschmackvolles Porzellan her und besaß einen guten Ruf. Wir wurden nicht müde, immer neue Formen und Dekors für Service, Vasen und Ziergegenstände zu kreieren.

Bevor unsere Entwürfe in die Produktion gingen, wurden sie dem Chef, auch den Mitarbeitern vorgelegt. In der Regel waren alle mit unseren Vorschlägen einverstanden und überzeugt, dass die Innovationen bestimmt viele Käufer finden und für die Firma gewinnbringend sein würden. – Als eines Tages das Gerücht umging, die Firma stehe vor dem Aus, erschraken wir. Das konnte nicht sein. Wir stellten doch solide Ware her. Hatten wir geglaubt, die Kundschaft werde uns auch weiterhin die Treue halten, wurden eines Besseren belehrt. Ernüchtert mussten wir einräumen, dass unsere so schönen Porzellanwaren nicht mehr gefragt waren. Zwar wussten wir, dass auch andere Branchen ums Überleben kämpften, was aber in unserer Lage kein Trost war. Die drohende Katastrophe wurde dadurch nicht kleiner.

Dann war es wirklich soweit. Von heute auf morgen schloss die Fabrik ihre Tore. Diese Endgültigkeit war für die Belegschaft mehr als bitter. Aufgebracht standen 60 Leute vor der gesperrten Erwerbsquelle und bekundeten ihre Enttäuschung.

Barbaras und meine Schwärmerei für das hochwertige Porzellan lief nun ins Leere. Wir waren gerne ins Labor gegangen, hatten die tägliche Arbeit nie als Tretmühle empfunden. An die neuen Gegebenheiten mussten wir uns wohl oder übel gewöhnen.

Immerhin erwachte Barbaras kreative Seite. Sie schlug vor, monatliche Partys für etwa 20 Personen zu arrangieren, die wie ich Singles wären.

Ihre Idee gefiel mir und ich ermunterte sie in ihrem Vorhaben.

Als Barbara tatsächlich begann, ihr großes, gemütliches Wohnzimmer in einen lokalähnlichen Aufenthaltsraum umzufunktionieren, staunte ich über ihren Elan. Sie schleppte Möbel herum, scheute keine Unkosten für zusätzliche Sitzgelegenheiten, auch machte sie sich Gedanken über Alkoholitäten und Verköstigung. Im Gegensatz zu ihr fand ich den Arbeitsaufwand, wenn Geburtstage in der Familie anstanden oder die Oster- und Weihnachtsbäckerei losging, gleich zu Beginn lästig. Sie hingegen scheute keine Mühe und wollte ihren Gästen einen angenehmen Abend bereiten.

Es war an einem Märzabend, als ich in den überfüllten Bus stieg, der zur Trabantenstadt, einem vornehmen Villenviertel, fuhr, wo Barbara in ihrer Eigentumswohnung lebte. Ich war gespannt auf die erstmals bei ihr stattfindende Party als willkommene Abwechslung im trist gewordenen Alltag. – Seit einer Woche herrschte große Hitze, selbst noch am Abend, ein früher Lenz hatte den Winter vertrieben. Auch war die Temperatur im über Tag aufgeheizten Bus hoch, den der Fahrer durch die Straßen jagte, egal, ob diese holprig oder kurvenreich waren. Obendrein bremste er vor jedem Zwischenstopp derart abrupt, dass mir angst und bange wurde. Zu einem ebenfalls an einer Schlaufe hängenden Fahrgast neben mir sagte ich: Unser Chauffeur ist ein hektischer Typ, der prescht durch die Gegend, als sei Luzifer persönlich hinter ihm her. Zu der affenartigen Geschwindigkeit noch die Schwüle hier im Wagen – wirklich furchtbar. –

Von meiner Kritik unbeeindruckt äußerte der Mann in aller Seelenruhe: Diesen Bus nehme ich seit Jahr und Tag immer um die gleiche Uhrzeit. Affenartige Geschwindigkeit hin oder her, die stört mich nicht. Einen Unfall gab's noch nie! –

Das war alles, was er zu meiner Kritik sagte. Enttäuscht bemerkte ich lapidar: Dann ist es ja gut! – Gab es außer mir sonst noch jemanden, den die Raserei aufregte, fragte ich mich und streifte mit prüfendem Blick die Gesichter der von der Arbeit gekommenen Männer und Frauen. Doch unbeeindruckt von der Bullenhitze und der rasanten Fahrweise saßen die abgeschlafft und verschwitzt in den Sitzen und starrten ausdruckslos vor sich hin. Meiner Meinung sind sie also nicht, stellte ich fest, ganz im Gegenteil, die wilde Fahrerei scheint ihnen sogar zu gefallen – je schneller desto besser, so kämen sie früher nach Hause.

Mit meinem Urteil stand ich also allein auf weiter Flur. Doch was soll's, dachte ich, die Vorfreude auf Barbaras Festchen lasse ich mir von keinem vergällen und schob den aufkeimenden Ärger beiseite. – Und den „rasenden Roland" würde ich in Zukunft ohnehin meiden. Es gab genug andere Busse, die am Abend zur Trabantenstadt fuhren.

Bei jedem Halt quetschten sich Werktätige durch die Menschenmenge hin zum Ausstieg in den wohlverdienten Feierabend, unter ihnen der Befürworter des wilden Chauffeurs, der sich mit einem kurzen Gruß von mir verabschiedete. Alle waren froh, aus der stickigen Luft ins Freie zu kommen.

Ich gehörte zu den wenigen übriggebliebenen Fahrgästen, die an der Endhaltestelle ebenso erleichtert aus dem Wagen klettern konnte. Wie bei früheren Besuchen bei Barbara bewunderte ich auch dieses Mal den nahen Gebäudekomplex mit seiner poppigen Mosaikfassade, in dem sie wohnte. Er war der Blickfang unter den Einfamilienhäusern und nahm sich wie ein Fremdkörper aus. – Natürlich kannte ich auch seine Innenausstattung: zartbraun gefleckte Marmorböden und Treppen in den lichtdurchfluteten Etagen und Blumenkübel mit exotischen Pflanzen. Das war Luxus pur.

Doch meine Freundin, an die Exklusivität ihrer Bleibe gewöhnt, fand nichts Besonderes mehr dabei und meine Schwärmerei übertrieben. Sprachen wir über die Anlage, bezeichnete Barbara sie als Steinhaufen.

Ihr abwertendes Urteil bei solchem Komfort habe ich nie verstanden.

Der Lift dieses Prachtbaus beförderte mich in den dritten Stock. Dort stand die Entreetür der Gastgeberin sperrangelweit auf und jeder Eingeladene konnte ohne langatmige Begrüßung eintreten und den Raum aufsuchen, aus dem Musik dröhnte. Ich fand die zwanglose Methode ganz praktisch und ging schnurstracks in das von Barbara zweckmäßig hergerichtete Zimmer. Dort war bereits allerhand los. Einige Besucher schwangen das Tanzbein zu ohrenbetäubender Musik, andere nahmen am kalten Buffet Barbaras Salatvariationen in Augenschein. Unter ihnen fiel mir ein Herr mittleren Alters auf, der eifrig dabei war, eine Portion nach der anderen aus den in Reih und Glied aufgestellten Schüsseln zu schöpfen. Als nichts mehr auf seinen Teller passte, war mein erster Gedanke: Du liebe Zeit, was hat der Zeitgenosse für einen gesegneten Appetit. Von dieser riesigen Menge können drei Hungrige satt werden.

Einmal auf den kräftigen Esser aufmerksam geworden, betrachtete ich ihn genauer. Sein Erscheinungsbild gefiel mir: die stattliche Größe, die sportliche Figur, ebenso die gelockten mittelblonden Haare und stahlblauen Augen. Und er trug keine Jeans wie die meisten der anwesenden Mannsbilder – das war schon mal ein Plus –, sondern einen hellgrauen, elegant geschnittenen Flanellanzug. An der Gleichmacherei schien er sich nicht zu beteiligen.

Für mich waren Jugendliche, die wie uniformiert in den blauen Hosen herumliefen, ein Kapitel für sich, wenn gar zerrissen, dachte ich als erstes an Armut und bedauerte ihre Träger zutiefst. Das mir nachgesagte Helfersyndrom erwachte. Traf ich einen in meinen Augen Bedürftigen, machte ich ihm den Vorschlag, er solle schnellstens zum Sozialamt gehen und sich beraten lassen, wie seine Notlage beendet werden könne.

Die meisten der angesprochenen Grünschnäbel sahen mich daraufhin an, als wäre ich nicht ganz bei Trost und erklärten, dass zerfetzte Hosen cool aussähen und mein Geschmack antiquiert sei. Bisher hatte ich mir eingebildet, eine moderne Frau zu sein, konnte auch beim besten Willen nicht ihr und mein Stilempfinden auf einen Nenner bringen. Als viele dieser seltsamen Vögel begannen zu den ruinierten Baumwollhosen noch ihre Schirmmützen verkehrtrum aufzusetzen, fragte ich nach dem Warum und bekam als Begründung die Antwort: Das sieht megacool aus! Mit meiner Bedürftigkeitsannahme war es endgültig vorbei. Auch gab ich es auf, mich über die im Trend liegenden Steigerungen wie Piercings und Tattoos zu wundern, ebenso, dass Männer im zunehmenden Maße Kettchen und Ohrringe trugen.

Mitunter kam es mir vor, als passe ich gar nicht in diese verrückte neue Zeit.

Ich suchte und fand Barbara, die sich um die Gäste kümmerte, und übergab ihr als Dank für die Einladung das Fläschchen Kirschlikör.

Du hast das Richtige ausgewählt, sagte sie erfreut. Es scheint sich herumgesprochen zu haben, dass ich Kirschlikörliebhaberin bin. Und in Erwartung baldiger Gaumenfreuden leckte sie mit der Zunge über die Lippen.

Den mit meinem Namen gekennzeichneten Platz entdeckte ich unter anderen Stühlen und konnte von dort aus das lebhafte Treiben der Partybesucher beobachten. – Ganz in meiner Nähe bildete sich eine kleine Gruppe diskutierfreudiger Leute, die zeitnahe brisante Themen erörterten. Auch der von mir ins Visier Genommene gehörte dazu. Einmal auf ihn aufmerksam geworden, hörte ich genau hin, was er zu sagen hatte. Als auf anfangs sachlich geführte Meinungsverschiedenheiten hitzige Auseinandersetzungen folgten, von Besserwissern geschürt, gelang es ihm, die verdrießlich werdende Runde mit ein paar humorigen Worten aufzuheitern.

Beeindruckt stellte ich fest: Der sieht nicht nur attraktiv aus, der ist auch klug, den gegenseitigen Angriffen konnte er die Schärfe nehmen.

Als sich der Gesprächskreis allmählich auflöste, erkundete auch er seine Sitzgelegenheit. Nahm der doch tatsächlich Kurs in meine Richtung – unglaublich. – Das konnte kein Zufall sein. War das ein gutes oder ein schlechtes Omen? Als er neben meinem Stuhl stehen blieb stellte er sich höflich vor und wünschte mir einen unterhaltsamen Abend. Ich war von seinem tadellosen Benehmen beeindruckt und sah dem weiteren Verlauf der Party gespannt entgegen. – Als ich bemerkte, dass auch er mich fixierte, begann ein Smalltalk. Nichtssagend, wie ein solcher nun einmal ist, dauerte der wenigstens nicht lange und wir gaben ganz persönliche Details aus unserem Leben preis, was mich später, wenn ich darüber nachdachte, verblüffte.

Trotz sonstiger Zurückhaltung erzählte ich ihm vom gerade verlorengegangenen Job als Porzellandesignerin und dass mir mein Engagement nie als Belastung vorgekommen sei, weil ich meinen Beruf liebe. Die fehlende Erwerbsquelle ist einerseits zwar traurig, sagte ich, andererseits, nicht mehr um sechs aus den Federn müssen, das ist schon angenehm. Daran kann man sich gewöhnen.

Er hatte interessiert zugehört. Sie haben einen ganz besonderen Beruf und mit schönen Dingen zu tun, meinte er. Dass die Firma, bei der sie beschäftigt waren, Pleite machte und sie deshalb arbeitslos wurden, tut mir leid, ist aber kein Einzelfall. Wirtschaftlich schwache Länder überschwemmen mit Billigangeboten unsere heimischen Märkte.

Wir können preislich nicht mithalten und haben mit Absatzschwierigkeiten zu kämpfen. Einst profitabel arbeitende Betriebe müssen ihre Tore schließen. Das ist für Unternehmer und Angestellte eine Tragödie. – Erst neulich las ich im Handelsblatt, dass vor allem die Autoindustrie phantasiebegabte Designer sucht, auch in Teilzeit. Sie können sich also demnächst ein neues Betätigungsfeld aussuchen. Allerdings kommen die Stellenangebote aus anderen Städten und Sie müssten hier ihre Zelte abbrechen.

Wenn ich jetzt von mir zu sprechen komme, so ist ein Fiasko wie das Ihrige höchst unwahrscheinlich. Als Teeimporteur bin ich dank der vielen Liebhaber des schwarzen Getränks finanziell abgesichert und kann bedenkenlos nach vorne schauen.

Nebenbei bemerkt bin ich mein bester Kunde und trinke die von mir zusammengestellte Teemischung zu jeder Tages- und Nachtzeit. Gleich morgens brühe ich mir eine ganze Kanne davon auf. In der Frühe bin ich immer wie ausgedorrt. Dann beginnt, bevor ich ins Kontor muss, meine Sternstunde, die ich mir von keinem nehmen lasse, lese die Tageszeitung und schlürfe dabei mein geliebtes Gesöff. Man bezeichnet mich als Genießer, was in gewisser Weise stimmt. Ich will nicht verhehlen, dass Teetrinken nicht meine einzige Leidenschaft ist.

Als starker Raucher esse ich zudem reichlich und mit Vergnügen, bleibe nach beendeter Mahlzeit meist am Tisch sitzen und kippe noch zwei, drei Gläschen Wein oder Bier. Als Normalbürger kann man mich kaum bezeichnen. Ich falle gewissermaßen aus dem Rahmen.

Bei der Schilderung seiner Vorlieben hatte er mich scharf beobachtet und wie mir schien auch herausfordernd. Was bezweckte er mit der Offenlegung seiner Lebensweise? Ob ich wollte oder nicht, imponierte mir seine Ehrlichkeit. Ein Leichtes wäre gewesen, sich günstiger darzustellen. Vielleicht ist er nicht nur Schlemmer, sondern obendrein Kettenraucher und Alkoholiker, überlegte ich. Doch was gingen mich seine Gewohnheiten an? Die waren allein seine Angelegenheit. Als ich zu seinem Geständnis erst einmal keine Silbe verlauten ließ, sah er mich verunsichert an und etwas stockend kam die Frage: Könnten wir unsere Bekanntschaft nicht mit einem Gläschen Wein besiegeln?

Ich fand die wiederholte Bezeichnung Gläschen, die mit den herkömmlichen Gläsern wenig zu tun haben, lustig. Aber letztlich waren wir auf keiner Beerdigung und ich nickte.

Nach meiner wortlosen Zustimmung ging er vergnügt und eilig zur Theke und kehrte ebenso rasch mit den bis zum Rand gefüllten Gläsern zurück.

Fasziniert hatte ich ihm entgegengesehen, wie er ohne den Wein zu verschütten an Ort und Stelle brachte.

Donnerwetter, geschickt ist er auch noch, stellte ich fest. Vorsichtig, damit der Burgunder nicht überschwappt, prosteten wir einander zu und ich beantwortete seine zuvor gestellte Frage mit der Gegenfrage: Was versprechen Sie sich von unserer Bekanntschaft?

Oh, ich verspreche mir viel davon, sehr viel sogar, sagte er und trank sein Glas in einem Zug leer. Dann folgte Schlag auf Schlag, er bat um den nächsten Tanz.

Während wir uns zu Walzerklängen im Kreise drehten, erstaunte mich seine direkte Art aufs Neue. – Was halten Sie von einem baldigen Rendezvous, erkundigte er sich und sah mich erwartungsvoll an, woraufhin meine Füße aus dem Takt gerieten und wie angewurzelt stehen blieben.

Ja, ja, stotterte ich und verließ den Tanzboden. Zu seiner Frage war mir in diesem Moment nichts Passendes eingefallen.

Er lachte, dieses Mal nicht herausfordernd wie nach der Schilderung seines Lebensstils, sondern befreit. Wieso sind wir uns eigentlich nicht früher begegnet?

Was sollte ich dazu sagen? Dieser Mann brachte mich mit seiner Fragerei aus dem Konzept. Verlegen antwortete ich: Unsere Wege liefen in unterschiedliche Richtungen, das ist alles und fügte ablenkend hinzu: Ein kleiner Salat vom kalten Buffett wäre ganz gut. Der Andrang wird sich ja mittlerweile gelegt haben. Gleich bin ich wieder zurück.

An der Quelle von Barbaras Salaten lobten einige Partybesucher den Einfallsreichtum der Gastgeberin in den höchsten Tönen und beteuerten, sie hätten noch nie derartige Delikatessen gegessen und müssten unbedingt noch eine zweite Ration nachfassen.

Auch ich entnahm aus der vor mir stehenden Schüssel ein wenig Salat und jonglierte den Teller zu meinem Platz.

Barbara, die mir entgegen kam, schilderte ich den gerade gehörten Lobgesang in allen Einzelheiten. Dem schließe ich mich an, sagte ich, deine Anstrengungen für die heutige Party haben sich gelohnt. Die Salate sind ein Volltreffer!

Ja wirklich?, wandte sie ganz bescheiden ein. Das freut mich, ich war mir unsicher, ob solch eine Fete wie die heutige überhaupt gelingen würde.

Ich gönnte Barbara die anerkennenden Worte. Bestimmt würden sie diese zu weiteren Kreationen anspornen.

Bevor ich meinen Platz erreichte, rief mir der Fremde in voller Lautstärke entgegen: Sie sind die bezauberndste Überraschung dieses Abends, die man sich vorstellen kann. Ich bin entzückt von Ihnen!

Zu seinem unüberhörbaren Gefühlsausbruch fiel mir wieder nichts Gescheites ein. Unangenehm berührt sah ich umher, registrierte aber befriedigt, dass keiner auf uns achtete.

Beim allgemeinen Aufbruch weit nach Mitternacht sagte mein Gesprächspartner: Ich freue mich auf unser übermorgiges Treffen. Dann hoffe ich, Sie gesund und munter wiederzusehen.

Also bis dann, sagte ich nur und ging wegen des genossenen Weins etwas unsicher zum aufstehenden Fahrstuhl, zwängte mich zwischen die ebenfalls angeheiterten Gäste und fuhr mit ihnen in die Tiefe.

Vor dem Haus warteten bereits die bestellten Taxis, die von den Besuchern gestürmt wurden, als wären es die letzten überhaupt. Ich fand die Hetze unnötig, denn es regnete nicht, auch hatte die Gluthitze des Tages nachgelassen und die Stille der Nacht tat nach der lauten Musik gut.

Schon nach 15 Minuten waren die ersten Taxis wieder zur Stelle. Ich nahm das Erstbeste, das in meiner Nähe hielt und bestieg den Rücksitz, denn neben dem Fahrer zu sitzen und mitten in der Nacht über belanglose Dinge reden, dazu hatte ich keine Lust.

Während der Heimfahrt durch dunkle Vorstadtstraßen ließ ich das Erlebte vor meinem inneren Auge Revue passieren, verglich den Mann, der mich so bald wiedersehen wollte, mit einstigen Verehrern; aber so sympatisch und charmant wie dieser war auf Anhieb keiner von denen gewesen. Ich musste mir eingestehen, dass mich die Zufallsbekanntschaft aus dem Gleichgewicht geworfen hatte und wie ein Magnet anzog. War das die Liebe, auf die ich so lange gewartet hatte? Die gibt es doch nur in Romanen, murmelte ich vor mich hin, sodass der Taxifahrer seinen Kopf zur Seite drehte und fragte: Entschuldigung, haben Sie etwas gesagt? Nein, nichts, gar nichts, erwiderte ich, woraufhin er wieder geradeaus blickte und der Wagen zu schlingern aufhörte.

Kaum graute der Morgen, als ich erwachte, aber noch müde auf die Zahlen des Weckers blinzelte. Mir brummte der Schädel – zum einen wegen des zu kurz gekommenen Schlafs, zum andern wegen der Traumbilder von dem Mann, den ich bei Barbara kennengelernt hatte und zu deuten versuchte. Steh auf, befahl ich mir, nächtlichen Hirngespinsten kann man nicht trauen. Im Liegen sieht manches anders aus. Also raffte ich mich auf, ging in die Küche und brühte, um meinem Gedächtnis auf die Sprünge zu helfen einen extrastarken Kaffee. Zwar hellwach geworden, hatten sich die ohnehin undeutlichen Nachtvisionen vollständig aufgelöst. Also blieb mir nichts anderes übrig, als mich in Geduld zu fassen und den nächsten Tag abzuwarten, an dem ich ein genaueres Bild von dem Fremden bekommen würde, der mich beschäftigte.

Die Stunden bis zum vereinbarten Treffen verliefen schleppend. Ich war aufgeregt, fragte mich wieder und wieder: Werde ich ihm auch bei Tageslicht gefallen?

Als es endlich soweit war, pilgerte ich mit Herzklopfen in die Stadt zum Meetingpoint an der großen Standuhr. Dort wartete schon mein Kavalier, der ungeduldig nach mir Ausschau gehalten hatte und mich beim Näherkommen anstrahlte wie einen alten Freund beim Wiedersehen. Ich war erleichtert. Die gehabten Bedenken, ob ich ihm auch bei Tageslicht gefallen würde, verschwanden im Nu. Direkt nach der Begrüßung machte er mir das Kompliment: Sie sehen ja noch hübscher aus als bei Lampenlicht. Zu seiner schmeichelhaften Bemerkung hätte ich beinahe gesagt: Und Sie sehen in Ihrem eleganten Anzug genau so hinreißend aus wie vorgestern Abend. Allerdings kam mir diese Äußerung dann doch unpassend vor – wir kannten uns ja kaum.

Wir schlenderten durch die Geschäftsstraßen, hatten aber weder Interesse an den Schaufensterauslagen, noch nahmen wir wahr, was um uns herum geschah. Wir hatten nur Augen füreinander, wollten wissbegierig möglichst viel über unsere Vergangenheit erfahren. Wir erzählten von unserer Jugend- und Schulzeit, stellten außerdem nicht ohne Stolz stellten fest, dass Väter, Mütter und alle die zu den Familienclans gehören, uns durch ihr friedliches Miteinander einen unkomplizierten Start in die Selbständigkeit ermöglicht haben. Unser Wissensdurst verstummte erst in einem gemütlichen Café bei Schokoladentorte und Cappuccino. Ähnlich auch am Abend, als wir in einem allgemein beliebten Restaurant bei Hirschbraten und Bordeaux saßen.

Ich könnte pausenlos weiter essen, sagte ich und werde trotzdem nicht dick.

Das ist ausgezeichnet, meinte er, ich mag nämlich keine dickleibigen Menschen. Vor allem sind mir massige Frauen ein Graus.

Daraufhin konterte ich: Und ich mag keine korpulenten Männer. Diese Prachtexemplare mit Bierbauch wirken nicht gerade anziehend.

Naja, über sichtbare Pfunde soll man nicht streiten, meinte er einlenkend. Bekannt ist jedoch, dass dicke Personen oftmals friedfertiger als dünne sind, die vor lauter Schlankheitswahn sich selbst nicht mögen und mit Übellaunigkeit anderen den Tag verderben. Natürlich kann man beides nicht verallgemeinern. Erfreulicherweise gehören Sie zu keiner der Kategorien und können ohne Bedenken zulangen. Das ist fabelhaft!

Unser Beisammensein hätten wir gerne festgehalten. Wir spürten unsere Verbundenheit und schoben den Abschied immer weiter hinaus. Erst als die Kirchturmuhr unüberhörbar zwölf Mal anschlug, sagte mein Begleiter: Es ist spät geworden. Die Zeit lief uns davon. Bevor wir auseinandergehen, möchte ich Sie jetzt beim letzten Gläschen Wein um das Du bitten. Ich glaube, das ist fällig.

Überrascht sagte ich: Ja, ich bin einverstanden.

Wann immer ich an jene Nachmittag- und Abendstunden zurückdenke, sehe ich zwei selige Menschen vor mir. Mit aller Macht hatte die Liebe von uns Besitz ergriffen, vergessen war alles Belastende und jeder noch vor Kurzem gehabte Wunsch.

Wir trafen uns nun täglich in dem Speiselokal, das uns beim ersten Rendezvous mit seinem feinen Menü so gut gefallen hatte. Der Kellner kannte bald unsere Vorliebe für den roten Bordeaux und kredenzte ihn eilfertig. Die Stunden dort, für uns die schönsten des Tages, verliefen in vollkommener Harmonie.

Jedes Mal freuten wir uns aufs Wiedersehen.

Schließ die Augen, bat Robert eines Abends und sah mich verliebt an, bis ich dir sage: mach sie wieder auf.

Ich konnte mir keinen Reim darauf machen. Wahrscheinlich steckt einer seiner Späße dahinter, dachte ich, tat ihm aber den Gefallen. Nur noch Geräusche der Gaststube waren zu hören und ganz in meiner Nähe leises Plätschern, als würden Steinchen ins Wasser geworfen.

Du kannst die Augen wieder öffnen, sagte Robert nach wenigen Sekunden. Lass uns jetzt den Bordeaux austrinken – danach möchte ich dich etwas Wichtiges fragen, was ich schon seit Längerem tun wollte. – Kaum waren die Gläser leer, fragte er: Willst Du meine Frau werden, Lena?

Ja, Robert, ja, antwortete ich, und fühlte mich von seinem Heiratsantrag in den siebten Himmel versetzt. Daraufhin fischte er einen goldenen Ring aus seinem Glas und steckt ihn mir an den Finger. Wie selbstverständlich tat ich es ihm nach und angelte aus meinem den etwas größeren und streifte ihn über seinen Ringfinger. Wir waren so selbstvergessen, dass wir gar nicht bemerkt hatten, wie eine Herrenrunde ein paar Tische weiter unser Zeremoniell aufmerksam verfolgte. Die ganze Mannschaft, von unserem sichtbaren Glück beeindruckt, stand auf, postierte sich vor uns und sang: Viel Glück und viel Segen auf all euren Wegen, Gesundheit und Frohsinn sei auch mit dabei.

Nach dem Ständchen fehlten uns erst einmal die Worte. Die übrigen Gäste des Lokals aber tuschelten miteinander und sahen neugierig zu uns herüber.

Diesen Schicksalsabend mit Roberts geäußerten Wunsch, ich solle nach der Hochzeit zu Hause bleiben und ein angenehmes Leben haben, werde ich nie vergessen. Ihm zuliebe nahm ich Abschied von meiner Vorstellung wieder als Designerin zu arbeiten. Doch hatte mich der Verzicht keine Überwindung gekostet, denn traditionsgemäß war die Frau für Haus und Kinder zuständig und der Mann ihr Ernährer.

Bevor ich Robert kannte, stand ich morgens lustlos auf, sah dem beginnenden Tag ebenso lustlos entgegen. Nun gab es keinen grauen Alltagstrott mehr, bunt erschien mir die Welt. Begriffe wie demnächst, später oder künftig verschwanden fast vollständig aus meinem Vokabular. Auch irgendwelche Eventualitäten, welcher Art auch immer, interessierten nicht mehr. Wozu auch? Ich lebte im Jetzt, in einer wunderbaren Gegenwart und war mir bewusst, so unbeschwert glücklich zu sein ist ein kostbares Geschenk, mit dem man behutsam umgehen muss. An Robert gefiel mir schlichtweg alles. Bei all seinem Tun konnte er mit meiner Zustimmung rechnen.

Sogar die von ihm bevorzugte Zigarettenmarke, deren aromatische Duftwolken ich lustvoll einsog, machte da keine Ausnahme. Meine Begeisterung dafür hielt über viele Jahre an. Als bei unseren heranwachsenden Kindern allerdings Atembeschwerden einsetzten und bei mir zunehmende Husterei, da war es mit meiner Schwärmerei für die Glimmstängel vorbei. Die Freiheit, die er für sich in Anspruch nahm, bezahlten wir Nichtraucher mit eingeschränktem Wohlbefinden. Wie aber aus dem Dilemma herauskommen? – Bitte Robert, wann immer du eine Zigarette anzünden möchtest, geh uns Nichtrauchern zuliebe ins Freie, sagte ich eines Tages.

Die Aufforderung hatte mich Überwindung gekostet, denn wieder wurde mir bewusst, dass ich ihn als Raucher kennengelernt hatte.

Der für die gesundheitlichen Einbußen in der Familie, die unschönen Rauchspuren auf Möbeln, Tapeten und Gardinen Verantwortliche, quittierte lächelnd mein Anliegen: Lena, Liebling, ich akzeptiere deinen Wunsch nach rauchfreier Zone. Ab sofort werde ich nicht mehr drinnen, sondern nur noch draußen qualmen.

Tatsächlich hielt Robert seine Zusage ein, stand selbst bei Wind und Wetter vor der Haustür und ich liebte ihn dafür. Dennoch begann sich mein Verantwortungsgefühl zu regen. Mein Robert, der Mittelpunkt meines Lebens, musste zum Rauchen vors Haus? Ich überlegte, ob ich das auf Dauer zulassen konnte?

Als sich mein geliebter Übeltäter wieder anschickte, ins Freie zu gehen, sagte ich: Die Abende sind schon ziemlich kühl, du wirst dir einen Schnupfen holen. Außerdem stehen uns demnächst Minusgrade bevor. Da ist die Gefahr einer Grippeerkrankung schon gegeben. Mit Fieber, Ohrensausen und Gliederschmerzen, dem ganzen Drum und Dran im Bett zu liegen ist das Allerletzte. Bleib lieber im Warmen!

Nach meiner Aufforderung, besser im Haus zu rauchen, sah er mich ungläubig an und seine mit besten Vorsätzen gegebene Zusage geriet ins Wanken. Als hätte er nur auf mein Einlenken gewartet, verfiel er schneller als ich dachte, in alte Gewohnheitsmuster, saß wieder zufrieden in seinem Stammsessel und rauchte eine nach der anderen von den liebevoll benannten „Zigarettchen“ und nebelte uns ein.

Konnte oder wollte Robert die am Horizont lauernde

Bedrohung für seine Gesundheit nicht sehen? Wie mochte seine jetzt schon geteerte Lunge in fünf Jahren aussehen? Das Übel war vorprogrammiert und es war nur eine Frage der Zeit, wann das über ihm hängende Damoklesschwert herabfallen würde. Diesen Wahnwitz mitansehen zu müssen war das eine, das andere der Verdruss, den ich beim Anblick der verräucherten Zimmer empfand. Dann verließ mich zuweilen die mühsam bewahrte Gelassenheit. Als hätte eine infektiöse Krankheit von mir Besitz ergriffen, musste ich zwanghaft ans Saubermachen denken, sah mich in Gedanken die Ärmel hochkrempeln und das Haus auf den Kopf stellen.

War dann der Putztag gekommen, pflegte Robert, bevor er sich still und leise verdrückte, zu sagen: Lena, Liebling, mach dir das Leben nicht so schwer. – Das Angebot meiner halbwüchsigen Kinder, mir bei der Plackerei zu helfen, lehnte ich wegen ihrer nachlässigen Arbeitsweise ab. Ich war es leid, mich darüber zu ärgern, und schuftete lieber alleine. Bevor die Abschlusstür ins Schloss fiel hörte ich sie fröhlich sagen: Typisch Jungfrau, reinlichkeits- und ordnungsversessen. Wir sind ihr nicht akkurat genug.

Zugegeben, mich verstimmte ihr Urteil. Im Grunde genommen hatten sie ja recht. Andere Leute sind weniger pingelig und leben ganz gut dabei. Ich fragte mich, ob alle Jungfraugeborenen Sauberkeitsfanatiker sind und zudem, wie im Horoskop beschrieben, Katzenliebhaber? Ich und Katzenliebhaberin? Das war schon mal vollkommen daneben. Diese Herumschleicher kann ich überhaupt nicht leiden.

Es gibt Zeitgenossen, die an das glauben, was Astrologen meinen herausgefunden zu haben, dass bei der Geburt eines neuen Erdenbürgers die Konstellation der Sternbilder die entscheidende Rolle für Charakter und Eigenschaften spielt. Mit den angeblich beweisbaren Behauptungen stellen Sterndeuter die wissenschaftlich anerkannte Vererbungslehre infrage. Doch schließlich können die dem Himmelshokuspokus Verfallenen, glauben was sie wollen.

Was sagte doch anno dazumal Friedrich der Große?: Jeder kann nach seiner Façon selig werden!

Der Großreinemachetag begann damit, dass ich die von mir gehegten und gepflegten Topfpflanzen von den Fensterbänken hievte und auf der Terrasse abstellte. Nach diesem Kraftakt hängte ich die Gardinen ab, wobei mir als Allergikerin wegen des Staubs die Augen tränten und ich häufig niesen musste. Der nächste Akt war das Abfegen der Spinnweben aus den Zimmerecken, deren Baumeister panisch davonliefen. Ich hinter ihnen her und beförderte sie ruckzuck ins Jenseits. Meine Tierliebe hat Grenzen – als ob es für diese Viecher außerhalb des Hauses nicht genügend Platz für ihre Netze gäbe. Nein, ausgerechnet bei uns mussten sich die Blutsauger einquartieren.

Bei meiner Vernichtungsaktion kam mir eine bestimmte Dame in den Sinn, die ich vor Jahren kennenlernte. Wir wohnten im selben Stadtteil und unsere Wege kreuzten sich gelegentlich. Und wie das so geht, gerieten wir eines Tages ins Gespräch. Ich fand die Dame nett und die Unterhaltung mit ihr als willkommene Abwechslung beim langweiligen Einkaufstrip. In Vielem waren wir einer Meinung und stellten fest, dass unser Hausfrauendasein insgesamt in geordneten Bahnen verläuft, es jedoch außerhalb unseres ruhigen Daseins Vorkommnisse gibt, die uns nicht gefielen. Wir waren der gleichen Meinung, als die Sprache auf das Fernsehprogramm kam; bemängelten, dass nur wenig sehenswerte Filme gezeigt würden.

Auch regten wir uns über die vielen Krimis auf, als ob es in dieser Welt nicht schon genug Verbrechen gäbe, spotteten über die Meteorologen, deren Wettervorhersagen selten stimmen und konnten über die auf fast allen Kanälen ausgestrahlten Kochsendungen nur müde lächeln. Auch kamen wir am Thema Politik nicht vorbei und verurteilten die machtbesessenen Staatsmänner, die für Unterdrückung und Krieg verantwortlich sind. Bei den über die Mattscheibe flimmernden Schreckensbildern von Zerstörung, Tod und Hungersnot würde uns kein Abendbrot mehr schmecken.

Jedenfalls wurden wir bei unseren Begegnungen den angestauten Frust los.

Unsere Gespräche wären noch lange weitergegangen, hätte mir die Dame nicht eines Tages eine schier unglaubliche Story erzählt.

Ich bin Spinnenanhängerin, sagte sie, und von diesen Tierchen hellauf begeistert. In meinem Schlafzimmer hat sich eine große hübsche einquartiert. Mich freut das nicht nur, ich bin regelrecht stolz darauf. Ihr kunstvoll gesponnenes Netz bewundere ich immer wieder. Niemals könnte ich dieses Meisterwerk zerstören. Hin und wieder hangelt sich meine Untermieterin an einem Faden aufs Bett herunter, Spinnen sind wahre Akrobaten. Gebannt schaue ich dann zu und halte ihr als Landeplatz meine Hand unter. Warum die meisten Menschen geradezu hysterisch auf diese wunderbare Schöpfung der Natur reagieren, oft sogar eine Spinnenphobie entwickeln, ist mir unbegreiflich. Aber Sie gehören auf keinen Fall zu dieser Sorte, oder?

Nach ihrem überaus positiven Kommentar erwartete sie meine Zustimmung. Ich war perplex, vor allem geschockt. Von einer Spinnenphobie zwar weit entfernt, ekelte mich aber die Vorstellung, über meinem Bett könnte ein Langbeiner baumeln. Mir lag auf der Zunge, die Schwärmerin zu fragen, ob sie nicht wüsste, wozu die Kunstwerke der ach so lieben Tierchen dienen, die nichts anderes als gemeine Fallen sind, in denen Fliegen zappelten und sich zu befreien suchten. Doch unterließ ich meinen Einwand, der sowieso keinen Zweck gehabt hätte. Ich wollte nur noch weg. Das ist toll!, rief ich. Die Worte „das ist toll“ hatte die merkwürdige Person zu ihren Gunsten ausgelegt und glaubte, in mir eine Gleichgesinnte gefunden zu haben.

Doch da täuschte die sich gründlich. Stehenden Fußes verabschiedete ich mich mit der Ausrede: Ich habe noch etwas Wichtiges zu erledigen und muss sofort aufbrechen. – So nahm die ohnehin lockere Bekanntschaft ihr jähes Ende. Sah ich die Spinnenfanatikerin nach meiner fluchtartigen Verabschiedung von Weitem kommen, wechselte ich blitzartig die Richtung, nahm sozusagen Reißaus. Ein erneutes Zusammentreffen wollte ich um jeden Preis vermeiden. Wer weiß, was die sonst noch an Gruselgeschichten auf Lager hatte. Die eine von der Spinne im Schlafzimmer reichte mir vollends.

Ging die leidige Saubermachaktion zu Ende, schleppte ich mich nach stundenlangem Räumen, Schrubben und Wischen fix und fertig ins Bett. Während die meisten Leute bestimmt schon ihre Träume träumten, konnte ich, weil überarbeitet und die Glieder schmerzten, nicht einschlafen. Trotz der gehabten Strapazen entschuldigte ich den Verursacher der täglichen Belästigung, hatte mich mit seiner Unvernunft abgefunden. Es fiel mir nicht schwer zu kapitulieren. Egal was geschah, ich liebte Robert über alles.

Bevor mich dann doch der Schlummer übermannte, hörte ich, wie aus weiter Ferne die am Morgen geflohenen Familienmitglieder eintrudelten.

Robert und ich waren guter Dinge, als wir uns am vereinbarten Samstag auf dem Weg zu Alex und Monika befanden. Es regnete heftig. Die Tropfen prasselten nur so aufs Dach und gegen die Scheiben unseres VW-Käfers – eine Erlösung nach wochenlanger Hitze und Trockenheit. Befriedigt sahen wir zu, wie der Scheibenwischer das Wasser beiseite schob und lobten die Zuverlässigkeit des Uraltmodells, bei dem alles noch einwandfrei funktionierte: keine Reparaturen, keine Pannen, keine Karambolage. Noch nie hatte uns die Kutsche, wie wir dazu sagten, im Stich gelassen. Zwar war der einstmals glänzende Lack stumpf geworden und eine Radkappe rostig, so dachten wir doch niemals an eine Abschiebung. Wie ein Verrat an einem treuen Kameraden wäre uns das vorgekommen. Wir hingen an dem kleinen Auto, es gehörte gewissermaßen zur Familie und waren uns sicher, dass es uns stets unbeschadet nach Hause bringen würde.

Nachdem Robert eine Parklücke in Wohnungsnähe unserer Freunde gefunden hatte, spannte er trotz kurzer Wegstrecke den großen Herrenschirm auf und wir sprangen wie die Hasen los, wobei uns das Regenwasser aus den Pfützen nur so um die Beine spritzte. Am Mietshaus von Alex und Monika angekommen drückte ich sofort auf den unteren Knopf der Klingelleiste, der zur Parterrewohnung unserer Freunde gehörte. Surrend sprang die Eingangstür auf und Alex kam uns gut gelaunt entgegen und rief: Na, da seid ihr ja, trotz Hundewetter. Kommt rein! Unser Wiedersehen muss begossen werden, der Wein steht schon im Kühlschrank.

Schau mal, was wir euch mitgebracht haben, fiel ich ihm ins Wort und zog eine Flasche Sangria aus dem Shopper. Und hier noch das Stück Ziegenkäse. Beides gab's auf dem wöchentlichen Bauernmarkt. Versteht sich von selbst, dass wir uns auch mit diesen Köstlichkeiten eingedeckt haben. Wenn wir uns die demnächst zu Gemüte führen, werden wir in Urlaubserinnerungen schwelgen.

Monika war hinzu gekommen und begrüßte uns freudig. Ich habe euch vermisst, sagte sie und zählte die Tage. Dass 14 Tage so lang sein können, ich sagte das bereits, hätte ich nie gedacht. Natürlich sieht das nur so aus, wenn man auf etwas wartet. Nun seid ihr zum Glück wieder da. Danke für die Mitbringsel, bei geöffneter Küchentür hörte ich schon davon.

Damit der Braten nicht verbrutzelt, muss ich gleich zurück ins Giftlabor und lachte gekünstelt. Nehmt schon mal im Wohnzimmer Platz, ich komme in ein paar Minuten mit dem Abendessen nach und wir können loslegen.

Alex meinte: Vorher müssen wir aber noch auf unser Wiedersehen anstoßen. Also gingen wir ins Wohnzimmer und er holte den Riesling aus der Kühlung. Als unsere Gläser klirrten, freuten wir uns verständlicherweise über den Willkommensgruß. Wo aber blieb Monika? Sie hätte doch dabei sein müssen. Wir waren verunsichert.

Nach einem harmonischen Abend sah das nicht aus.

Monika hatte sich stark verändert. Als lebenslustige Frau und exzellente Köchin lernten wir sie kennen, hatten aber schon seit Längerem festgestellt, dass beides nicht mehr stimmte. Mürrisch geworden, brachte sie ungenießbares Essen auf den Tisch. Entweder waren Fleisch, Kartoffeln, Nudeln und Gemüse ungenügend gegart, versalzen oder angebrannt. Warum gab sie sich keine Mühe? War sie unter Umständen krank? Wir hatten Alex nach dem Grund ihrer Veränderung befragt, doch der ließ mit bösen Worten seinem Zorn freien Lauf: Die ist nicht krank, donnerte er los, sondern einfach nur boshaft.

Wir erschraken, konnten sein hartes Urteil kaum glauben. Wo war die einstige Liebe geblieben?

Als Monika an diesem Abend mit dem beladenen Tablett ins Zimmer kam und die Schüsseln auf den Esstisch stellte, forderte sie uns mit einladender Geste auf: Greift zu, hoffentlich schmeckt euch der Sauerbraten.

Alex probierte den erst gar nicht. Ihm genügte, was er roch. Von Monika schadenfroh beäugt, griff er wütend nach dem Besteck, warf Messer und Gabel mit voller Wucht auf den Teller, dass wir dachten: Der ist jetzt kaputt, solchen Aufprall hält kein Porzellan aus. Doch zum Glück blieb der Teller heil – die Stimmung allerdings nicht. Gerne hätte Alex mit einer gelungenen Mahlzeit vor uns geprahlt, so wie früher. Nun lief sein Gesicht rot an, als würde er gleich einen Schlaganfall erleiden, nahm fahrig die Brille ab, strich die in die Stirn gefallenen Haare zur Seite und wartete mit ironischer Miene auf unser Urteil.

Wir steckten mittendrin im Ehekrieg unserer Freunde und versuchten, die angespannte Lage zu entkrampfen. Das spezielle Essen dieses Abends war die Krönung alles bisher Dagewesenem. Obwohl auch uns beißender Essiggeruch in die Nase stieg, sagten wir nach dem ersten Bissen: Gar nicht so schlecht, der Sauerbraten. Bei der Notlüge fühlten wir uns ziemlich unwohl in unserer Haut, aßen aber trotzdem tapfer weiter, bis unsere Mägen rebellierten und wir mit Übelkeit kämpfen mussten. Höchstwahrscheinlich hatte Monika das Fleisch in Essigessenz eingelegt, etwas anderes war gar nicht denkbar. Selbst die im Rheinischen Rezept vorgeschriebenen Rosinen hatten die Übersäuerung nicht abmildern können.

Während Monika wegen unseres fadenscheinigen Lobs zu kichern begann, meinte Alex kopfschüttelnd: Mir ist bis zum heutigen Tag verborgen geblieben, dass ihr unter Geschmacksverirrung leidet.

Was sollten wir zu seiner scharfzüngigen Bemerkung sagen? Wir trugen doch nur zu dick auf um die Wogen zu glätten.

Überraschend verklärte sich Alex' Blick, als hielte man ihm ein berühmtes Ölgemälde vor Augen. Wir hörten von Fahrradtouren am Wochenende, die er kaum erwarten könne. Uns war sonnenklar, dass er die Ausflüge nicht mit Kollegen oder ihm sonst bekannten Personen unternahm, sondern mit einer Frau, die er vermutlich gegen seine Noch-Ehefrau ausgetauscht hatte.

Wen sollten wir mehr bedauern? Alex, der dem Ehefrust entfloh und Radwanderungen unternahm, oder Monika, die ihm auf die Schliche gekommen, von der Präsenz einer anderen Frau wusste? Sie zahlte ihm sein Fremdgehen heim, indem sie die Speisen absichtlich verdarb und ihm so die Lust aufs Essen vermieste. War sie deshalb boshaft, wie Alex behauptete? Wir hatten den Eindruck, dass sie ihn mit dieser ungewöhnlichen Racheaktion an den Pranger stellen und uns von ihrer Unschuld überzeugen wollte.

Unmöglich, ein Urteil zu fällen. Wir mochten beide. Monika und Alex waren unsere Freunde und wir keine Richter.

Seit es in der Ehe unserer Freunde kriselte, hatte Monika begonnen, ein Buch nach dem anderen zu lesen. Schon immer hatte Lesen zu ihrer Freizeitbeschäftigung gehört. Nun aber war sie zur Büchernärrin geworden, verschlang querbeet, was der Buchhandel anbot, selbst Krimis, die sie früher verachtete. Vor allen Dingen hatten es ihr Liebesromane angetan. So konnte sie in die fiktive Welt der Protagonisten eintauchen und von eigenen Zärtlichkeiten träumen.

Durch die ständige Leserei verlotterte Monikas einst gepflegter Haushalt mehr und mehr, auch ließ ihr Äußeres zu wünschen übrig.

Einmal, als Alex zufällig einen Nachbarn traf, der ihn im Laufe des Gesprächs fragte: Wie geht es Ihrer Frau?, dieser die Antwort erhielt: Danke, gut! Meine Frau liest viel, sie ist in der Literatur enorm bewandert, jeder Neuerscheinung jagt sie hinterher. Aber die Löcher in meinen Socken sieht sie nicht.

Besser konnte man Monikas Verhalten kaum beschreiben. Zwar lachten Robert und ich über die Löcher in den Socken, jedoch war Monikas ständige Leserei im Grunde genommen gar nicht lustig, sondern als Anklage zu verstehen.

Nach dem verkorksten Abendessen hatten sich die beiden Männer in die Sitzecke des Wohnzimmers zurückgezogen, pafften unisono ihre heißgeliebten Glimmstängel und bliesen vergnügt wie Kinder Rauchringe in die Luft.

Ich half Monika beim Geschirr abräumen und versuchte beim Hin- und Herlaufen zwischen Wohnzimmer und Küche die verfahrene Situation durch ein paar Witzchen aufzulockern, aber Monika lächelte nur. Ich kannte sie zu gut, um nicht zu spüren, wie es ihr wirklich ging, dass sich hinter ihrem Lächeln Kummer und Einsamkeit verbargen. Noch nie hatte sie sich die Blöße gegeben und auch nur ein einziges Wort über ihr traurig gewordenes Eheschicksal verloren. In meinen Augen war sie eine Persönlichkeit, die weder Trost noch Ratschläge brauchte.

Deshalb schwiegen Robert und ich zu ihrer Misere. Nur wunderten wir uns über Alex, dem die Niedergeschlagenheit seiner Frau nicht auffiel. Solch unsensibles Verhalten passte ganz und gar nicht zu ihm. Wir kannten ihn anders.

Während Monika und ich die Ordnung in der Küche wiederherstellten, war es den zwei Rauchern in relativ kurzer Zeit gelungen, das Wohnzimmer derart zu verqualmen, dass Monika, kaum eingetreten, zum Fenster rannte und mit der Bemerkung aufriss: Man glaubt, in einer dampfenden Waschküche zu sein. Allerdings besteht der Unterschied darin, dass es dort nach Seife riecht und hier nach verbranntem Tabak.

Daraufhin knurrte Alex: Und ihr Frauen verbreitet, wo immer ihr euch aufhaltet, Parfümwolken! Das gefällt auch nicht jedem.

Was bleibt uns armen Hausschluffen letztlich anderes übrig, als zu rauchen! Findest du das nicht auch, Robert?, und stieß ihm beifallsheischend in die Seite.

Jaja, das stimmt, antwortete mein Ehemann und sah mich treuherzig an. Dieser Filou redet Alex nach dem Mund, dachte ich, hatte aber gleich wieder eine Entschuldigung parat: das tat er doch nur seinem Freund zuliebe. Es war stets das Gleiche, wie Robert sprach und handelte, ich gab ihm recht. Nichts hatte sich seit unserem Kennenlernen geändert und ich musste über mich selbst schmunzeln.

Fragt sich bloß, wer von wem mehr unterjocht wird, bemerkte Monika spöttisch und sah mich nun ihrerseits beifallsheischend an. – Meine Stellungnahme wäre riskant gewesen. Damit die aufgeheizte Atmosphäre sich nicht weiter verschlechtere, schlug ich vor: Lasst uns jetzt die Urlaubsfotos anschauen. Zwar wollten wir keine mehr schießen, jedoch funktionierte der Vorsatz nicht.

Wie in den vergangenen Jahren zog uns die exotische Landschaft in ihren Bann: die Orangen-, Zitronen- und Olivenhaine, dann die üppig wuchernden Sträucher und Blumen, die uns im Gegensatz zur heimischen Vegetation faszinierten.

Nicht zu vergessen die farbenfroh angestrichenen Häuser mit ihren ebenfalls bunt gekleideten Bewohnern, stimmte Robert meiner Begeisterung zu. Dem Reiz der malerischen Kulisse und dem darüber knallblauen Himmel, konnten wir unmöglich widerstehen. Also wurde die Kamera aus der Tasche gezogen und wir knipsten drauflos.

Unter Ausrufen: Fantastisch! Herrlich! Märchenhaft! betrachteten unsere Freunde die Aufnahmen. Sie hätten vorgehabt, auch mal in den Süden zu fahren um zu erkunden, warum so viele Leute dorthinreisen, aber immer sei etwas dazwischen gekommen.

Unvermittelt prustete Alex mit einem Lacher los, sodass ich nachfragte, was denn an den Bildern so komisch sei. – Nein, an den Fotos liegt das nicht, die sind traumhaft schön, erklärte er. Mir ist nur gerade euer spanisches Abenteuer vom abgekürzten Weg eingefallen. Vor Jahren erzähltet ihr davon. Ich weiß noch, dass wir damals Tränen lachten. Bitte erzählt die Geschichte noch einmal, wie es dazu kam.

Also gut, sagte ich und begann: Es ist schon eine Weile her, dass wir erstmalig in Spanien Urlaub machten. Ich glaube, es war der sechste Tag unseres Aufenthalts an der Costa del Sol, als wir um die Mittagszeit unsere Strandsachen zusammenpackten und uns auf den Weg zur Ferienwohnung machten.

Nach ein paar Schritten blieb Robert im Schatten einer mächtigen Fächerpalme stehen und rief: Wartet mal, und zeigte auf das große Hotel, das vor uns lag. Wir können die Strecke abkürzen und da durchgehen. – Mit seinem Vorschlag waren wir sehr einverstanden, so kämen wir eher ins klimatisierte Quartier und an die Paella. Also strebten wir dem vor uns liegenden Gebäude zu.

Robert öffnete die Eingangstür und schweigend gingen wir im Gänsemarsch hinein.

Als Erster Robert mit dem großen Sonnenschirm, dahinter ich mit der alten Freizeittasche, aus der es wegen der nassen Badeanzüge tropfte, dann unsere 14-jährige Tochter im Bikini mit den Liegetüchern, anschließend unser Sohn mit umgehängtem Schwimmreifen, Schnorchel und Taucherbrille und als Schlusslicht unser Küken mit Eimerchen und Schaufel. – Allerdings kam uns der gerade betretene Raum sonderbar vor, denn an einer Garderobe hingen Bademäntel und -hosen und auf einer Kommode thronten Puppe und Teddybär.

Eine Hotelhalle mit Rezeption war das nicht. Während wir dem hinteren Ausgang zusteuerten, dämmerte es uns: Wir befanden uns in einem Privatappartement, hörten auch schon eine Männerstimme aus dem Hintergrund: Wat is dat denn? Eine holländische Familie, Vater, Mutter und zwei kleine Kinder, saß gerade beim Mittagessen und schaute verblüfft, wie fünf Leute durch ihre Wohnung spazierten. Ehe sich die Holländer wegen der unglaublichen Frechheit beschweren konnten, waren wir auch schon weg.

Alex zog sein Taschentuch aus der Westentasche und wischte die Tränen vom Gesicht. Über euer Versehen kann ich mich schief und krumm lachen. Man muss sich das Ganze mal bildlich vor Augen führen, wie ihr wortlos mit eurem Badezeug durch ein fremdes Appartement gelatscht seid und zu allem Übel noch eine Tropfspur hinterließt. Für die Holländer war euer Marsch durch ihre privaten Räume der Gipfel an Dreistigkeit. Bloß gut, dass ihr euch flugs aus dem Staub machtet, bevor ein berechtigter Streit entstehen konnte. Also wirklich! – Alex rang nach Luft – die Nummer ist zu ulkig, die ist geradezu bühnenreif, stöhnte er.

Durch die unfreiwillig zur Anekdote gewordene Erzählung vom abgekürzten Weg war der Rest des Abends gerettet. Unsere Freunde verhielten sich friedlich, schienen ihre Eheprobleme zumindest vorübergehend vergessen zu haben. Zwar hatten Robert und ich vom sauren Braten immer noch Magendrücken, registrierten aber erleichtert die entspannte Lage.

Lange nach Mitternacht verabschiedeten wir uns von unseren Freunden und forderten sie zum baldigen Gegenbesuch auf. Monika blieb stumm, aber Alex meinte, ohne das Wort Scheidung auszusprechen: Wir kommen gern, ob sich unser Treffen einrichten lässt, ist allerdings fraglich.

Natürlich wussten wir, dass unser letztes Beisammensein wegen des bevorstehenden Amtstermins ausfallen könnte, hofften dennoch auf einen gemeinsamen Abend.

Als wir in unserem VW saßen, sagte Robert bekümmert: Das Ende von Alex' und Monikas Ehe erleben zu müssen ist hart. Beide sind auf ihre Art unglücklich und wir können nicht helfen. Ihre Ehe ist tot – mausetot. Zum Glück sind die beiden kinderlos, außer sich selbst tun sie sonst niemandem weh. Im Gegensatz zu unseren Freunden haben wir doppeltes Glück. Unsere Kinder, erwünscht und geliebt, konnten wir problemlos bis ins Erwachsenenalter begleiten, zudem ist unsere Ehe stabil. – Natürlich gibt es Gründe für das Auseinanderbrechen einer Gemeinschaft, wenn Rechthabenwollen und Zänkereien an der Tagesordnung sind. Oftmals wird Sex auch mit Liebe verwechselt. Jedenfalls gibt es auf den seinerzeit gegebenen Schwur einander zu ehren keine Garantie.

Mir geht Alex' und Monikas Ehebankrott ebenfalls unter die Haut, ergänzte ich Roberts Stellungnahme. Schon seit geraumer Zeit fiel mir auf, dass bei ihnen einiges im Argen liegt. Wir kennen uns seit fast 30 Jahren, eine kleine Ewigkeit und heirateten auf den Tag genau im schönen Wonnemonat Mai. Der Datumsgleichheit verdanken wir unsere Bekanntschaft. Als wäre es gestern gewesen, sehe ich vor mir, wie wir uns nach der Trauung in ausgelassener Stimmung begrüßten und im Überschwang der Gefühle einen wunderbaren Lebensweg in Gesundheit und Freude wünschten.

Für uns frisch Vermählte eine Selbstverständlichkeit, ebenso das vor dem Standesbeamten abgegebene Gelöbnis, für den Partner Verantwortung zu übernehmen und ihm treu zu bleiben. Dass sich Werte im Laufe der Jahre erschöpfen können, von diesem Gedanken waren wir in unserer geradezu euphorischen Schwärmerei weit entfernt.

Ach Robert, sagte ich bedrückt, was mögen die beiden falsch gemacht haben? Es ist so schade, dass sie den Glauben an ein unzerstörbares Miteinander verloren haben. Hätte ich mich nicht doch um ihre schwierig gewordene Partnerschaft kümmern müssen? Manchmal können verfahrene Beziehungen durch geduldiges Zuhören geklärt werden. Ich bin total verunsichert.

Mach dir keine Vorwürfe, widersprach Robert meiner Selbstanklage. Du handeltest richtig, indem du weder für Alex noch für Monika Partei ergriffst. Auch hätten sie deine Empfehlungen, wie man Differenzen beseitigen kann, möglicherweise als schulmeisterhafte Belehrungen empfunden und sich die Einmischung in ihre Privatsphäre verbeten.

So aber ist dir durch dein Schweigen die Peinlichkeit einer Abfuhr erspart geblieben.

Einen Tag später, nach dem Besuch bei Monika und Alex, machten wir uns auf den Weg zum nahegelegenen Waldpark. Der Spaziergang dorthin gehörte quasi zu unserem Wochenendritual. Uns begeisterten die weitläufigen Rasenflächen, die hübsch bepflanzten Blumenrabatten und die hochgewachsenen Laubbäume und Koniferen. Außerdem schätzten wir Großstädter die gefilterte, schadstoffarme Luft. – Diesen Oktobertag, für die Jahreszeit noch sommerlich warm, dazu die durchs Blätterdach flirrenden Sonnenstrahlen und Robert an meiner Seite, all das genoss ich sehr.

Jedoch drängte sich wie von selbst das gestrige unschöne Bild unserer Freunde auf, wie sie ihr Gift verspritzten und sich verletzten.

Mein eben noch gehabtes Hochgefühl verblasste und ich dachte: Robert und ich, wir müssen aufpassen, dass wir nicht ins gleiche Fahrwasser geraten, wenngleich ich mir ein Scheitern unserer Beziehung nicht vorstellen kann. Einst hatten wir geschworen: Egal was geschieht, wir bleiben zusammen. Unsere Gegenwart und Zukunft ohne den andern – undenkbar.

Nachdem wir Erholung im Waldpark getankt hatten und uns auf dem Heimweg befanden, blieb Robert ohne besonderen Grund stehen. Ich fand nichts dabei, aber als sich das mehrmals nach zehn, zwölf Schritten wiederholte, kam mir sein Innehalten doch ungewöhnlich vor und erschrak bei der Vorstellung, dass dies womöglich die gefürchtete Schaufensterkrankheit ist, wie der Volksmund zu Venenverschluss sagt.

Robert, der vertuschen wollte, was gerade mit ihm geschah, redete drauflos, worüber habe ich vergessen. Doch sind mir meine Worte in Erinnerung geblieben: Du warst lange nicht beim Arzt. Lass dich mal wieder durchchecken.

Wenn du meinst, Liebling, werde ich deinem Rat folgen und unsern alten Hausarzt aufsuchen, pflichtete Robert mir bei. Am besten gleich morgen. Die obligate Jahreskontrolle wäre sowieso demnächst fällig gewesen.

Robert hielt Wort und machte sich am nächsten Tag, mehr hinkend als dass er ging, auf den Weg zur ziemlich abgelegenen Praxis unseres Arztes. Mein Angebot, ihn dorthin zu chauffieren, hatte er abgelehnt und sein Gehumpel als Bagatelle hingestellt. Er wollte beweisen, dass er weite Strecken schon noch zu Fuß gehen könne, wenn auch langsamer. Die kleine Gehstörung solle man nicht überbewerten und aus einer Mücke keinen Elefanten machen, meinte er.

Mach dir keinen unnötigen Kummer Lena,
bald ist alles wieder im Lot.

Robert, dem bisher vieles geglückt war, wollte seine Einschränkung nicht wahrhaben. Er gehörte zu den Menschen, die Unwägsamkeiten auf die leichte Schulter nehmen und gewohnt sind, dass alle Dinge sich kurz über lang zum Besten wenden.

Nachdem er das Haus verlassen hatte, sah ich ihm traurig hinterher. Mutlos erwartete ich bei seiner Rückkehr die Hiobsbotschaft: Venenverschluss.

Als es nach Stunden der Ungewissheit Sturm läutete, flog ich nur so zur Haustür. Robert, der anhaltend auf den Klingelknopf gedrückt hatte, stand davor und kam ganz fidel auf mich zu, sodass ich wie erlöst dachte: Gott sei Dank, meine Einschätzung war unzutreffend. Ich habe mal wieder zu schwarz gesehen. – Welches Ergebnis ist denn nun beim Gesundheitscheck rausgekommen, fragte ich ungeduldig, während wir ins Wohnzimmer gingen.

Robert, der sich in seinen Stammsessel gesetzt, in aller Ruhe eine Zigarette angezündet und ein paar Züge geraucht hatte, beantwortete meine Frage so leichthin, als würde er im Vorbeigehen ans Glas des Barometers klopfen: Der Medizinmann hat nur eine geringe Beeinträchtigung des linken Beins diagnostiziert, mehr nicht.

Siehst du, Lena, alles halb so schlimm!

Also doch – für mich war die Diagnose des Arztes der Albtraum schlechthin und ich sah Robert mit nur einem Bein im Rollstuhl sitzen. Mein Inneres verkrampfte sich. Ich ließ mich aufs Sofa fallen, griff an die schmerzende Stelle und registrierte erschrocken: So stechend muss ein Herzinfarkt sein und schluchzte: Wenn du nur willst, Robert, kannst du die unmäßige Raucherei zumindest reduzieren, sogar ganz damit aufhören.

Verständnisvoll wie ein Vater lächelte er über meinen dringlichen Appell an seine Vernunft, so als würde ich von einer Angelegenheit sprechen, von der ich nichts verstehe. Dann sah er mich liebevoll an und sagte in bettelndem Tonfall: Lena, Liebling, wein doch nicht.

Schau mal, der Krankheitsbefund ist das eine, das andere meine Einstellung dazu. De facto kann man meine Verhaltensweise mit der deines Schwagers gleichsetzen: der trinkt viel, sogar ohne zu torkeln oder dummes Zeug zu faseln. Und ich rauche viel. Allen Ernstes, ich bewundere deinen Schwager. Unsere Familien wissen, dass er noch einer zweiten Leidenschaft frönt, nämlich der Philosophie. Mittlerweile besitzt er eine stattliche Anzahl an Sachbüchern, hat dafür in seinem Regal Platz geschaffen und die ihm unwichtig gewordene Belletristik rausgeworfen.

Immer wenn es seine Zeit erlaubt, vertieft er sich in die Denkmuster früherer und heutiger Geistesgrößen, ist von den verschiedenen Theorien derart fasziniert, dass er nicht aufhört, bei jeder passenden und unpassenden Gelegenheit darüber zu reden. Er versucht alle die mit ihm zu tun haben für die philosophische Weltanschauung zu begeistern und überschüttet sie mit seinem erworbenen Wissen.

Was ich damit sagen will, Lena, er behält trotz Trinkerei einen klaren Kopf, ist ein zufriedener Mensch, genau wie ich es mit meiner Raucherei bin.

Ohne meine Bewertung zu den Eigenheiten des Schwagers abzuwarten, redete Robert weiter: Übrigens hat mich unser Hausarzt für den nächsten Montag im Krankenhaus angemeldet und auch gleich die Zusage erhalten, dass mich der Venenspezialist am darauffolgenden Tag unters Messer nimmt – also Land in Sicht.

Ganz locker hatte Roberts Mitteilung geklungen, als wäre eine derartige OP die normalste Sache der Welt. Er macht sich wohl selbst etwas vor, dachte ich und begann zu weinen.

Lena, Liebling, du weinst ja schon wieder, sagte er. Für den Chirurgen ist der Eingriff, die verschlossene Vene zu öffnen, reine Routineangelegenheit. Der schnippelt tagtäglich an Patienten rum. Du wirst sehen, meine kleine Unpässlichkeit ist bald behoben. Ich bin guten Mutes.

Mach dir keine Sorgen!

Das war leichter gesagt als getan. Ach Robert, jammerte ich, die verschlossene Vene wieder zu öffnen, das soll kein komplizierter Eingriff sein? Mir macht die ganze Situation Angst. Und was meinen Schwager anbelangt, seine Saufe-rei, sein unglaubliches Quantum an Alkohol imponiert mir in keinster Weise. Mir fehlt für diese Maßlosigkeit jegliches Verständnis. Vorbild für andere kann der nicht sein.

Außerdem ist mir unbegreiflich, wie sich Trunksucht mit Philosophie verträgt.

Dann kam besagter Montag, an dem der Eingriff stattfinden sollte. Robert wollte kein Aufhebens machen und gab sich betont lässig, pfiff Opern-, Operetten- und Volksliedmelodien vor sich hin, dass mir die Ohren klingelten. Auch wollte er alleine ins Krankenhaus gehen. Letztlich wäre solch eine OP wie die seine keine Staatsaktion, meinte er.

Aber so angstfrei, wie er sich gab, war er gar nicht. Ich ließ ihn in dem Glauben, ein Held zu sein.

Nachdem der Eingriff erfolgreich über die Bühne gegangen war, hatte der Chirurg zu Robert gesagt: Sie haben mehr als Glück gehabt. Beim dritten und letzten Versuch ist es mir gelungen, die verschlossene Vene zu öffnen. Sie dürfen nie wieder rauchen. Wenn doch, ist ein erneuter Öffnungsversuch zwecklos. Denken sie daran!

Robert hatte die Warnung des Mediziners ernst genommen. Er wusste, was auf dem Spiel steht und bekämpfte konsequent sein Rauchverlangen. – Siehst du, sagte er zu mir, so schlimm wie mein Gehumpel aussah, so tragisch war das gar nicht. Alles ist wieder in Ordnung.

Nur, dass ich nie wieder eine Zigarette anzünden darf, ist eine kaum auszuhaltende Strafe.

Ich war stolz auf Roberts Durchhaltevermögen und glaubte fest daran, dass er auch künftig standhaft bleiben würde. Mit diesem Silberstreifen am Ehehimmel ließ es sich gut leben – doch hatte ich mich zu früh gefreut. Nach knapp drei Monaten eisern durchgehaltener Abstinenz unterlag Roberts Wille der nicht mehr zu bändigenden Sucht.

Sei nicht streng mit mir Lena, Liebling, sagte er, ich muss unbedingt „Eine“ rauchen.

Nur ein einziges Zigarettchen, das verspreche ich dir.

Aufgeschreckt rief ich: Nein, Robert, nein! Hast du vergessen, was der Chirurg gesagt hat?, keine einzige mehr! – Als hätte die Mahnung des Arztes nur für befristete Zeit gegolten, ebenso mein Aufschrei, sprang Robert vom Sessel, riss die Schublade des Schreibtischs auf, in die er das Zigarettenetui verbannt hatte, griff danach und zog mit zitternden Fingern eine Zigarette heraus, dann flammte ein Streichholz auf und Robert inhalierte den Rauch mit dem Ausdruck höchster Seligkeit.

Ab sofort gab es kein Halten mehr. Wieder auf den lang entbehrten Geschmack gekommen, begann er heftiger zu qualmen als zuvor.

– Robert hatte verloren –

Mein Optimismus, der mich über drei Monate beflügelt hatte, schmolz dahin wie Schnee bei Tauwetter. An erholsamen Schlaf war kaum noch zu denken. Nach Albträumen, in denen ich Robert mit nur einem Bein im Rollstuhl sah, wachte ich mit rasendem Puls auf. Die nächtlichen Visionen verfolgten mich auch über Tag. Trotz bitterer Zukunftsaussichten veränderte sich meine Liebe zu Robert nicht.

Unauslöschlich war er Teil
meiner kleinen Welt geworden.

Eines Tages, nach Wochen intensiven Rauchens, fluchte Robert, den ich nur als Optimisten kannte: Verdammt! Mir geht es miserabel, sogar hundsmiserabel. Ich hasse diesen Zustand. Und erregt rief er: Jetzt ist es soweit, Lena!, man wird mir das Bein einfach abschneiden und mich verstümmeln. Nach der Operation werde ich spüren, dass ich nur noch ein halber Mensch bin, sozusagen ein Torso. Diese Vorstellung ist schrecklich.

Wirst du mich dann noch lieben und bei mir bleiben?

Roberts Atem ging stoßweise und erschreckte mich. Wie kannst du an meiner Liebe zweifeln?, es gibt keinen Grund dich zu verlassen, sagte ich. So leicht wirst du mich nicht los, und versuchte dem aufgebrachten Patienten ein Lächeln abzuringen, aber vergebens.

Was ihm bevorstand war kein Kinderspiel.
Seine Ausweglosigkeit war auch meine.
Ich litt mit ihm.

Am nächsten Tag fuhr ich Robert in die Klinik. Wir saßen im Krankenzimmer eine Weile stumm beieinander. Ich hielt seine kalten Hände fest in meinen warmen und sagte nach einer Weile: Du sollst wissen, wenn man dich morgen unters Messer nimmt, werde ich in Gedanken bei dir sein. Weiter zu sprechen gelang mir nicht, zu sehr war auch ich aufgewühlt und stürzte aus dem Zimmer, hastete die Treppen herunter, hin zur Drehtür, die ins Freie führte.

Dort setzte ich mich auf eine der Bänke und klagte meine Verzagtheit in den Himmel zu dem, der uns so geschaffen hat, wie wir sind.

Auf einmal glaubte ich, Robert zu höre: Lena, Liebling, wein doch nicht. Ich schaute mich um, doch nur achtlos Vorübergehende verschwammen vor meinen Augen, die gewiss mit ihren eigenen Nöten und Schwierigkeiten beschäftigt waren.

Allmählich versiegten meine Tränen, auch wurde das Schluchzen weniger. Ich nahm mir vor, mich am nächsten Tag bei Robert zu entschuldigen, weil ich ihn in seiner angespannten Lage ohne jegliche Erklärung allein ließ, war mir aber im Voraus sicher, dass er mich wie immer verstehen würde.

Nach schlafloser Nacht raste ich mit unserem VW-Käfer geradezu verkehrswidrig durch die Straßen hin zum Krankenhaus, wollte Robert vor seiner Amputation beruhigen und ihm Mut zusprechen.

Bevor ich die Station betrat, holte ich noch einmal tief Luft, als mir auch schon die diensthabende Schwester mitleidig lächelnd entgegen kam und ohne Umschweife mitteilte: Ihr Mann ist um fünf, also vor drei Stunden, gestorben. Sein Herz setzte plötzlich aus. Wir konnten ihn nicht mehr zurückholen. Unser Mitgefühl!

Mir wurde schwindlig, alles um mich herum rotierte. Mein Robert, mit dem ich noch vor ein paar Stunden gesprochen hatte, war tot? Das konnte ich nicht fassen. Er war doch erst 50.

Meine Verstörtheit war der Schwester nicht entgangen. Sie legte anteilnehmend ihren Arm um meine Schultern und führte mich stützend in den Raum, wo Robert auf einer Bahre lag.

Sein Anblick, sehr weiß und gerade, schnürte mir die Kehle zu und ich dachte: Freiwillig gingst du nicht fort, indes ist dir erspart geblieben, wovor du dich so sehr gefürchtet hast. In Kürze wird der Tod auch mich holen, wir gehören doch zusammen. Es war seltsam, dass mir bei diesem tröstlichen Gedanken das Volkslied „Es waren zwei Königskinder" einfiel. Wie in einer der letzten Strophen der Liedballade beschrieben, so nahm nun auch ich Abschied von meiner Lebensliebe.

Dann verließ ich ebenso stumm wie ich gekommen war das Totenzimmer.

Ich war nur noch ein Häufchen Elend, als ich mich auf den Weg zu unserem Haus machte, das von nun an mir allein gehörte. – Als ich die Tür aufschloss, schlug mir schaler Tabakgeruch entgegen, was die Trauer und das Einsamkeitsgefühl noch verstärkte.

Monate des Unglücklichseins folgten.

Als dann der Monat Mai mit Grünen und Blühen einzog, erinnerte ich mich wehmütig an unseren Hochzeitstag, den Robert und ich jedes Jahr festlich begingen und uns noch einmal lachend das Jawort für die nächsten 365 Tage gaben. Wir waren der Überzeugung, dass unser Schwur ewig halten würde. Aber das Hier und Heute sah anders aus.

Der Tod hatte unser Glück gnadenlos zerstört.

Gewohnheitsmäßig fuhr ich wie jeden Samstag frühmorgens mit der Straßenbahn zum Wochenmarkt, die praktischerweise direkt dort hielt. Unser VW-Käfer blieb wegen der nervenaufreibenden Parkplatzsuche in der Garage. Noch waren wenig Käufer auf dem Markt und ich konnte ohne Gedränge mit meinem Rundgang beginnen, kaufte für die kommenden sieben Tage Brot, Eier, Käse, Obst, Gemüse und was sonst noch an Essbarem gebraucht wurde. Ohne Robert blieb mein Korb nur halb befüllt. Gerne hätte ich sogar zwei volle nach Hause getragen, wäre er noch am Leben. Die Aussichten, den Alltag zu meistern wie die meisten Leute, standen schlecht. Roberts Schatten war bei allem, was ich tat, präsent.

Als Letztes kam meine Blumenfrau dran, bei der ich regelmäßig einen Strauß für den Sonntag aussuchte. Sie hatte schon auf mich gewartet und wir begrüßten uns freundlich. Da um diese Uhrzeit noch nicht viel los war, hielten wir wie immer ein Schwätzchen.

Das größte Problem sind zur Zeit die anhaltenden Trockenperioden, sagte die Gärtnerin. Wir brauchen nicht nur Wasser für unsere Gewächshäuser, auch außerhalb müssen die Felder berieselt werden. Die halbjährliche Rechnung für das kostbare Nass ist gepfeffert. Wenn das so weiter geht, werden unsere Ausgaben höher als die Einnahmen sein. Wo soll das noch hinführen?

Nach der pessimistischen Vorhersage pflichtete ich ihr bei und bemerkte: Die Preise für Lebensmittel sind jetzt schon hoch. Das Geld im Portemonnaie schrumpft in Nullkommanichts zusammen, ehe man sich versieht, ist kein Pfennig mehr drin.

Als Interessenten vor dem Arrangement an Schnittblumen, eingetopften Bäumchen und Sträuchern stehen blieben, fand unser Zwiegespräch sein Ende. Ich zog einen großen fachmännisch gebundenen Rosenstrauß aus dem Wassereimer, zahlte, wünschte der mitteilsamen Marktfrau noch ein gutes Geschäft und verabschiedete mich mit den Worten: bis zum nächsten Mal!

Anschließend ging ich mit Rosen und Einkaufskorb zur Straßenbahnhaltestelle.

Auf der Heimfahrt bewunderte eine neben mir sitzende Dame den Strauß. Wie schön der aussieht, wirklich zauberhaft – wie gemalt – und wie der duftet! Bestimmt ist das Bouquet für einen festlichen Anlass. Oder sind die roten Rosen vielleicht für Ihren Ehemann?, fragte sie scherzhaft.

Ja, das vermuten Sie richtig, antwortete ich.
Die sind tatsächlich für meinen Mann.

Die roten Rosen
bringe ich ihm nachher auf den Friedhof.